Ettore Ferrini – SNAKE

"Un serpente può cambiare pelle, mai la propria natura"

Il libro

Gianni era uno che rompeva i coglioni. L'editore, Mancini, lo sopportava soltanto perché ogni volta che scriveva qualcosa andavano via almeno cinquemila copie, che non saranno granché ma con questi chiari di luna, come diceva lui, c'era da accontentarsi. Anche Mancini si chiamava Gianni ma nessuno lo chiamava più per nome da quando aveva divorziato. Gli capitava spesso di ripensare alla moglie, soprattutto mentre si rollava le sigarette perché lei gli rimproverava sempre di sporcare per terra col tabacco. Sì, Mancini aveva sempre avuto un certo magnetismo per i rompicoglioni, e ora era il turno di Gianni.

- Non me ne frega niente di cosa si aspetta la gente, io chi è l'assassino non ce lo scrivo.
- Ma non puoi scrivere un giallo senza il finale!
- Eccome se posso, anzi, l'ho già fatto. Eccolo lì, proprio sulla tua scrivania.
- Lo vedo. Ma non posso pubblicarlo così, è un'assurdità.
- E perché mai? Le storie d'amore non finiscono forse appena i due vanno a vivere insieme? Eppure mica finiscono lì. Poi arrivano i litigi, le corna, il mutuo da pagare.
- Gianni, nessuno vuol sapere chi distruggerà un matrimonio né come lo farà. Non è divertente.
- Bella questa. E una vita invece sì?
- Hai capito cosa intendevo.
- No, non ho capito, e comunque dov'è finito il tuo coraggio? Una volta rischiavi, pubblicavi la crème dell'avanguardia letteraria, osavi.
- Forse non ti è chiaro un concetto: siamo nella merda Gianni, nella merda vera, ogni libro che stampo potrebbe essere l'ultimo e tu te ne esci fuori con queste idee del cazzo.
- Allora se le mie sono idee del cazzo prenditi Michela, ha appena finito un bel ricettario, magari la invitano pure in qualche trasmissione, tanto ormai in televisione non fanno altro che cucinare.
- Con te è impossibile ragionare. E poi la Poletti un editore ce l'ha già, e sai perché?
- Perché non ha idee del cazzo come le mie.
- Esattamente.
- Quindi mi par di capire che non c'è più spazio per sperimentare, che dobbiamo tutti allinearci alla logica capitalistica?
- No, ti prego, la tua retorica socialista risparmiamela. Tu scrivi per il tuo ego, non

certo per acculturare le masse, e mi pare anche che gli assegni li riscuoti regolarmente. Lascia perdere i massimi sistemi e vai a chiudere questo cazzo di giallo, porca puttana, e non tornare fin quando non hai scritto chiaramente, inequivocabilmente, chi è l'assassino!
- Mi fai un po' pena Mancini, dico davvero.
- Sì, va bene, ora esci di qui che Roberto è di là che aspetta.
- Eh già, Roberto, lui sì che è rassicurante. Son dieci anni che scrive la stessa cazzo di storia, ci cambia soltanto i nomi.
- Vai.
- Vado. Però sei diventato triste. Te lo devo dire; sei diventato triste.
- E tu sei diventato stronzo. Anzi, tu sei sempre stato stronzo. E come tutti gli stronzi col tempo diventi sempre più duro.
- Ecco, vedi? Hai talento con le metafore. Hai mai pensato di scrivere?
- Ciao Gianni.
- Sì, ciao.

Nel frattempo la sigaretta si era consumata quasi interamente sul bordo del posacenere, ormai non si poteva più fumare senza scottarsi le dita. Meglio così, già mi sono rovinato il fegato – pensò Mancini fra sé – salviamo almeno i polmoni. Aprì la finestra, fuori piovigginava, vide Gianni attraversare la strada e allontanarsi verso il parco. Rimase così per alcuni minuti, in piedi, a fissare la gente che passeggiava, correva, si soffermò soprattutto su una berlina, rossa, che continuava a girare in tondo cercando un parcheggio. Si consolò pensando che ognuna di quelle persone viveva la propria disperazione. Infine, quella testa di cazzo parcheggiò nel posto dei disabili e si allontanò a passo svelto lasciando quattro frecce di giustificazione. Fu allora che un urlo squarciò il silenzio, era la sua segretaria, Milena:

- Direttore!
- Cosa c'è adesso? Ma possibile che non si può stare un attimo in pace?
- Direttore! Roberto!

Ah già, Roberto. Perso nei suoi oziosi pensieri se n'era quasi scordato.

- Sì, lo faccia entrare.
- È andato!

- Come sarebbe a dire che è andato? Lo rintracci subito che domani si va in stampa.
- No, è andato nel senso che non c'è più.
- Ho capito, ma non può essere andato lontano, lo richiami.
- È qui Direttore, è qui nell'ingresso! Morto.

Roberto era passato a miglior vita, lì nel suo ufficio. “Passato a miglior vita”, ripensò dentro di sé mentre ne osservava il corpo, sul serio esiste una vita migliore? Si dicono davvero un sacco di frasi senza senso. Aveva letto decine, forse centinaia di storie con cadaveri ma mai se n'era ritrovato uno di fronte. Cosa doveva fare? Chiamare le onoranze funebri, anzi no, l'ambulanza. Magari era ancora vivo. Estrasse il cellulare e compose il 118.

- Pronto? Sì, ho bisogno urgente di un ambulanza!
- Qual è il problema?
- Un mio amico, insomma, un mio collaboratore è morto. Cioè, sembra morto.
- Non respira?
- Senta non lo so se non respira, è seduto su una sedia con la testa che gli ciondola, non risponde.
- Lei controlli subito se respira.
- Ma come faccio? Io sono un editore, non ne so niente di pronto soccorso.
- Senta, faccia così, prenda un piccolo specchio e glielo metta vicino alle narici.
- E dove lo trovo? Ma secondo lei io vado in giro con uno specchio in tasca come un frocio?
- Mantenga la calma, usi il display del cellulare al posto dello specchio, ma lo faccia subito.
- Ma come faccio a usarlo su di lui se sto parlando con lei?
- Aspetterò in linea, si sbrighi!
Con due dita, quasi schifato, premette sulla fronte di Roberto per alzargli la testa quel tanto che bastava per posizionargli il telefonino proprio sotto il naso. La segretaria, totalmente irrigidita e muta, assisteva alla scena incapace di intervenire.

- Mi è grande aiuto, Milena, davvero.
- Direttore, scusi ma a me i morti hanno sempre fatto impressione.
- Oh beh, io invece ho una passione, tutte le sere passo dall'obitorio a scattare

qualche foto.

Riprendendo il telefono:

- Senta, io qui non vedo un cazzo. Secondo me è proprio morto.
- Mi dia l'indirizzo.
- Via Magenta 47.
- Non tocchi niente. Arriviamo.

Che Mancini non avrebbe toccato niente potevano metterci la mano sul fuoco. Ma proprio qui doveva morire questo stronzo? – pensò – nella vita avrà scritto dieci romanzi senza far schiattare manco uno dei suoi personaggi e va a lasciarci le penne proprio lui. Già! I suoi romanzi, cazzo! Ora che è morto i suoi libri andranno a ruba. Per un fugace attimo si imbarazzò di quel suo pensiero, o meglio, in realtà si chiese se avrebbe dovuto vergognarsene, poi si rivolse alla segretaria:

- Milena, mi prepari un caffè, prevedo cazzi monumentali, ho bisogno di restare lucido.
- Direttore, ma Roberto?
- Roberto oggi non lo prende, vada.

Gianni era arrivato a casa. Sul divano c'era ancora il cartone della quattro formaggi consegnata a domicilio la sera prima, non era chiuso bene e dall'interno facevano capolino tutti i bordi scartati della pizza, quelli mezzi bruciacchiati, no, non è questione di fare i difficili è proprio che Gianni ha le gengive sensibili. Si diresse verso il bagno, si lavò le mani, poi si osservò allo specchio. Nessuno dovrebbe vivere da solo, nessuno. Invece di disprezzarlo, forse avrebbe dovuto comprarlo davvero il ricettario di Michela e smetterla di mangiare sempre schifezze confezionate. Suonò il telefono.

- Sì?
- Sono Mancini, devo parlarti.
- Sapevo che avresti cambiato idea, il mio finale è più... è più...
- Senti Gianni, non si tratta del libro, si tratta di Roberto.
- Ah no, io con quel cretino non ci collaboro davvero, scordatelo.

- Non devi collaborare con lui ma con la Polizia, vogliono interrogarti.
- La Polizia? Ma di che cazzo stai parlando?
- Sto parlando del fatto che Roberto è morto e l'ultimo ad averlo visto vivo sei tu, ecco di cosa cazzo sto parlando.
- Senti, se è una stronzata giuro che è la peggiore che abbia mai sentito.
- No, non mi sono inventato niente, anzi, dovresti già avere la pattuglia sotto casa, l'indirizzo gliel'ho dato io.
- E perché cazzo gli avresti detto dove abito? Maledetto figlio di puttana, tu mi vuoi incastrare in un tuo casino, lo hai fatto fuori, ecco la verità. La verità è che l'hai ammazzato tu.
- Senti, io non ho ammazzato proprio nessuno, e per quanto ne so neanche tu, però gli sbirri dicono che è una morte sospetta e vogliono ricostruire i fatti.
- E allora che mi ricostruiscano questo cazzo perché me lo hai già rotto con questa storia. Quando sono uscito Roberto era lì che giochicchiava col telefono. Ed era vivo, porca troia! O almeno lo era nella misura in cui lo è sempre stato.
- Ecco, bravo. Soltanto questo devi dire alla polizia. Che quando sei uscito lui era vivo e che parlava al telefono.
- Io agli sbirri non dico proprio niente, bello. E poi non ho detto che parlava al telefono, ho detto che ci giocava, oppure era su un sito per fottuti maniaci, guarda non lo so e soprattutto non m'interessa. Quello che so è che non sembrava morto proprio per un cazzo. Anzi, rideva.
- Come sarebbe a dire che rideva?
- Sì, insomma, sorrideva. Probabilmente avrà visto qualcosa di buffo, una di quelle vignette che girano su Facebook.
- Senti Gianni, io continuerei volentieri questa chiacchierata ma forse non ti è chiaro che qui c'è la cazzo di Polizia.

In quell'istante i poliziotti bussarono alla porta di Gianni; non poteva più scegliere come passare la giornata. Gentili ma risoluti lo accompagnarono all'auto e in pochi minuti si ritrovò di nuovo da Mancini. C'erano cinque stanze: l'ingresso, che fungeva anche da sala d'aspetto, la segreteria, in cui stazionava Milena, il magazzino con le copie invendute, l'ufficio di Mancini e ovviamente il gabinetto. Dalla segreteria, nonostante la porta fosse costantemente aperta, non si riusciva ad avere una panoramica completa dell'ingresso, per questo Milena si accorse di Roberto soltanto quando ne uscì.

- E perché lei sarebbe uscita dalla stanza?
- Per andare in bagno, ispettore.
- Non sono un ispettore, sono commissario.
- Mi scusi agente.
- Sì, vabbè, lasciamo perdere. Ha visto il signor Gianni uscire?
- No, ho solo sentito che litigava col Direttore.
- E cosa dicevano?
- Non è mia abitudine origliare, ispettore.
- Commissario.
- Sì, comunque Gianni diceva che il Direttore era triste.
- Triste?
- Sì, perché lui voleva pubblicare un libro senza il finale, insomma senza svelare l'assassino, e il Direttore gli aveva detto di no. Per questo secondo lui era diventato triste, perché non aveva il coraggio di pubblicarlo, triste nel senso di deprimente, non di depresso.
- Per essere una che non origlia mi pare che abbia sentito abbastanza.
- La mia porta è sempre aperta.

In quel momento il medico interruppe la conversazione e si rivolse al Commissario.

- Senta, il laboratorio di analisi mi ha appena dato conferma: si tratta di avvelenamento.
- Sì ma il segno sul collo?
- Quello è il morso.
- Il morso di cosa?
- Apparentemente di un serpente.
- Un serpente? Dove diamine lo avrebbe incontrato un serpente? E poi uno che è stato morso sul collo se ne va tranquillamente dal suo editore?
- Questo è quanto ci risulta, ispettore.
- Commissario.
- Certo. Comunque non è andato granché in giro, è stato morso qui.
- Qui? E da cosa lo avrebbe stabilito?
- Dal tipo di veleno. È rapidissimo, la vittima è rimasta paralizzata quasi istantaneamente ed è morta in meno di un quarto d'ora.
- Ma che siamo in un film di Tarantino?

- Le ripeto, questo è ciò che dicono le analisi e le posso assicurare che non ci sono grossi margini d'errore. Se non è morto in dieci minuti possono essere stati dodici, tredici. Non di più.

Gianni, con un piede appoggiato al muro e l'aria di chi osserva il mondo più con noia che con disprezzo, intervenne:

- Fatemi capire: sul serio siamo qui a stabilire come un serpente letale sia potuto arrivare al quinto piano di un palazzo, invece di cercarlo? Non ci dovrebbe essere una specie di Polizia veterinaria, un'unità per i rettili?
- Qui di rettile c'è solo il tuo cervello Gianni, lascia lavorare la Polizia e non disturbare.
- Ah, quindi tu sei tranquillo? Forse non hai capito: c'è un cazzo di serpente velenoso nel tuo ufficio.
- Lo so bene, lo sto vedendo anche in questo momento e togli quel piede dal muro, te l'avrò detto un milione di volte.

Il Commissario prima intimò il silenzio ai due poi riprese ad interrogare Milena.
- Quando ha aperto al signor Roberto le pareva che stesse bene?
- Sì ispettore, mi ha anche fatto i complimenti per questa camicetta, era sempre tanto gentile. Pensi che una volta mi ha pure detto che se non fosse stato sposato mi avrebbe fatto la corte.
- Sposato? Ma come sposato? Nessuno ha avvertito la moglie?
- Veramente ispettore credo che dovreste farlo voi.
- Sono commissario, signorina, commissario. E comunque sui documenti c'è scritto che è celibe.
- Sì perché si è sposato pochi mesi fa, una donnetta dell'est, rumena mi pare. Io le odio quelle, cercano soltanto un modo per sistemarsi.
- Guardi, non sono qui per ascoltare i suoi sproloqui razzisti, mi dica piuttosto come possiamo rintracciare questa donna.
- E io che ne so? Non l'ho neanche mai vista.
- Non l'ha mai vista però è certa che si sia sposata per interesse.
- Guardi che il signor Roberto guadagnava bene, i suoi libri hanno sempre venduto moltissimo, al contrario di quelli di Gianni, con rispetto parlando.

Gianni non si trattenne:

- Ecco, ora mettiamoci pure a stilare le classifiche mentre in giro c'è un serpente del cazzo che ammazza gli scrittori. E comunque cinquemila copie sono sempre cinquemila copie, diglielo anche tu, Mancini.
- Sì, in effetti con questi chiari di luna cinquemila copie non sono poche, il problema è che la gente non legge più, sta sempre attaccata a Facebook.

Il Commissario, quasi incredulo, troncò la conversazione:

- Insomma, c'è qualcuno che sa dirmi come possiamo avvertire la moglie di questo povero cristo?

Tutti nella stanza scossero il capo, poi intervenne Milena:
- Provi a guardare nel telefonino, ispettore, sicuramente fra le ultime chiamate effettuate o ricevute ci sarà la moglie.
- Giusto. Ma come la riconosco?
- Se non ho capito male è dell'est, quindi dal nome si dovrebbe intuire.

Il Commissario esaminò il cellulare, rimasto incastrato nella mano livida e gonfia di Roberto: era rimasto bloccato su un vecchio gioco, probabilmente l'ultima attività svolta dalla vittima: si trattava di Snake. Il gioco consiste nel guidare nell'area dello schermo un serpente che diventa sempre più lungo, il tutto senza fargli mai toccare i quattro lati esterni. Pena la morte del serpente e, conseguentemente, anche del giocatore.

- Il cellulare è impostato su Snake, sapete come si esce da questo gioco?
- Su Snake? – osservò subito Gianni – Stava giocando proprio con un serpente quando è stato morso?
- Senta, questa faccenda è già abbastanza assurda, ci mancano pure i risvolti profetici. Come si chiude questo coso? Ah, ecco.
Chiuso il gioco, sempre senza togliere il telefono dalla mano del cadavere, andò a verificare la lista delle chiamate ma nelle ultime dieci non comparivano nomi femminili.

- Qui non c'è nessuna donna.
- Allora provi a guardare i messaggi, noi donne ne mandiamo sempre un sacco.
- Già fatto, sono stati cancellati.
- Oh mio Dio, che razza di persona è quella che cancella tutti i messaggi?

- La stessa razza che fa i complimenti alle segretarie.
- Scusi ispettore, sta forse accusando il signor Roberto di avere un'amante?
- Io non accuso proprio nessuno, signorina, anche perché ad oggi il nostro codice penale non vieta di avere relazioni extraconiugali. È lei che non sa distinguere una considerazione da un'accusa, esattamente come non coglie differenze fra l'essere un semplice ispettore o un commissario di Polizia.

Mancini intanto iniziò a rollarsi una sigaretta, come sempre piccoli residui di tabacco finirono per terra. Li radunò alla bell'e meglio servendosi del piede e guardando di tanto in tanto con aria colpevole verso Milena si schiarì la voce. Non che lei se ne fosse mai lamentata, del resto era pagata anche per tenere in ordine, ma lui aveva la paura inconscia di perdere un'altra donna per le solite disattenzioni. Intanto il medico e il suo inserviente erano stati congedati, Gianni interruppe nuovamente il silenzio:

- Ma questa faccenda preoccupa solo me? Voglio dire; non trovate che sia almeno singolare che sia stato morso proprio mentre cercava di domare un serpente?
- Scusa Gianni ma non capisco proprio dove vuoi arrivare.
- Io non voglio arrivare da nessuna parte Mancini, dico solo che è strano.
- Certo che è strano, cazzo, e che io sia dannato se ci sto capendo qualcosa, ma non vedo cosa c'entri il gioco sul telefono.
- Quindi secondo te c'è un serpente vero qui in giro che si nasconde, magari nel magazzino dei resi.
- E cosa ne so io? Perché non vai a controllare?
- Col cazzo che entro lì dentro. Ti rammento che io non volevo neanche venire e infatti continua a sfuggirmi il motivo della mia presenza qui. Tu comunque continua a fumare tranquillo, del resto non c'è da allarmarsi, c'è soltanto un fottuto serpente, reale o virtuale, che fa fuori la gente.
- Come sarebbe a dire virtuale?
- Virtuale.
- Cioè?
- Virtuale, cazzo, virtuale! Per quanto ne so potrebbe essere un dannato fantasma. Tu lo hai visto?
- No che non l'ho visto ma essendo normodotato tendo a non credere a cazzate tipo i fantasmi.
- Invece trovi del tutto plausibile che uno schifosissimo rettile parta dall'Africa, prenda l'ascensore fino al quinto piano e si metta a bucherellare gli scrittori nella tua sala d'aspetto.
- Hey, aspetta, cosa c'entra adesso l'Africa?
- C'entra perché un serpente così velenoso da far fuori una persona in un quarto

d'ora può provenire soltanto da là.
- E tu cosa ne sai di serpenti?
- Ne so perché ho dovuto fare delle ricerche per un mio romanzo.

Il Commissario sbottò:

- Basta! Non siamo qui a fare salotto e fino a prova contraria quello che deve fare le domande sono io. È quello il bagno?

Milena si affrettò a rispondere:

- Sì, ispettore, ha bisogno?
- Lei prima mi ha detto che si è accorta del signor Roberto quando si è alzata per andare in bagno, la porta era chiusa come adesso?
- Sì, era chiusa.
- E ci è poi entrata?
- No, non sono più andata e con tutto questo trambusto me ne sono perfino dimenticata.
- Quindi possiamo dire che il bagno non è stato utilizzato da prima dell'arrivo della vittima e che da quella stanza non possa essere uscito niente, giusto?
- Sì, ne sono sicura. Quando ho aperto al signor Roberto, Gianni e il Direttore erano già di là e nessuno dei due è andato in bagno.
- E il magazzino?
- Ah beh, quello è chiuso da giorni.
- Mancini, che lei sappia ci sono condotti per l'aria o griglie che danno sull'esterno?
- Per quanto ne so qui non c'è nulla del genere.

S'intromise Gianni:

- Ho capito cosa state tentando di fare. State cercando di dimostrare che soltanto io sono entrato e uscito di qui e che quindi il fottuto serpente l'ho introdotto io e poi me lo sono pure riportato a casa. Come no? È uno scherzo stare lì a ragionare mezz'ora col tuo editore mentre hai una bestia di due metri in tasca.
Il commissario, non senza qualche difficoltà, riuscì a staccare il cellulare dalla mano del morto. La cosa gli fece un po' impressione ma si era resa necessaria.

- Signorina, mi perdoni, può mettere in carica il cellulare del signor Roberto? Si sta spegnendo e non ho finito di controllarlo.
- Certo commissario, non ho il suo caricatore ma posso collegarlo al computer

che ho di là in segreteria.
- Gentilissima. Mi ha pure chiamato commissario, stiamo facendo progressi.

Milena sorrise, nel ricevere il cellulare non poté fare a meno di osservare la mano del commissario. Aveva dita lunghe, unghie curate, sembravano le mani di un chitarrista. Prima di voltarsi indietreggiò un passo continuando a guardarlo negli occhi. Era un bell'uomo, o forse era solo il fascino dell'autorità, poi scomparve dietro la parete. Lui si girò verso Gianni:

- Conosceva la vittima?
- Roberto? Beh, lo conoscevamo tutti, no? Era lo scrittore di punta qui.
- Sì ma eravate amici?
- Non so se avesse veri amici, comunque non credo proprio che io ne facessi parte. Ci vedevamo qui, alle presentazioni, qualche cena.
- E a queste cene non è mai venuto con la moglie?
- Io non l'ho mai vista.
- Perché pensa che non avesse amici?
- Non lo so, è un'impressione che ho sempre avuto, era una persona riservata, schiva, e faceva bene.
- Faceva bene a fare cosa?
- A non mettere in piazza i suoi cazzi, cioè, voglio dire, gli affetti, la sua vita privata.
La gente può colpirti dove ti fa più male, esattamente come quel serpente, e quando sei paralizzato dalla paura ti dà il colpo di grazia.
- La signorina Milena ha detto che prima di uscire aveva alzato un po' la voce con il signor Mancini. Avete parlato anche della vittima?
- No, non mi pare, abbiamo discusso del mio libro, scelte artistiche differenti.

Mancini si avvicinò al tavolinetto basso al centro della stanza, spostò due riviste col dorso della mano e scoprì un piccolo portacenere che rimaneva nascosto, ci spense con cura la sigaretta e si rivolse a Gianni:

- Beh, qualcosa lo hai detto.
- Cioè?
- Hai detto che erano dieci anni che scriveva la stessa storia cambiandoci solo i nomi. Non è che suoni proprio come un complimento.
- Cosa cazzo c'entra questo?
- Il commissario ti ha chiesto se avevi parlato di Roberto.
- Ok, ho detto quella frase, e allora?
- E allora niente, però l'hai detta.
- Io non so dove vuoi arrivare ma il tuo mi pare proprio un intervento del cazzo.

- Però è la verità.
- Se è per quello mi hai anche dato dello stronzo. - Anche quella è la verità.
- Che mi hai dato dello stronzo?
- No, che lo sei.

Il commissario placò gli animi:

- Potrete risolvere i vostri problemi personali in un secondo tempo, adesso se non vi è di troppo disturbo dovremmo continuare ad occuparci del vostro amico. Alzando leggermente la voce per farsi sentire dall'altra stanza:

- Signorina, ha la copia di un contratto editoriale o un qualsiasi documento in cui possa essere riportato un recapito telefonico fisso della vittima? Magari telefonando là potremmo avere la fortuna di raggiungere la moglie. Stavo giusto cercando "casa" sul cellulare quando si è spento.
Il commissario si avvicinò alla porta della segreteria, Milena era seduta davanti al computer, la posizione era la stessa della prima vittima, la testa le ciondolava in avanti e aveva ancora in mano il telefonino collegato alla porta USB. Si avvicinò rapidamente, si chinò verso di lei, le mise una mano sotto il mento per sollevarle il capo, vide chiaramente il segno del morso sul collo. Doveva chiamare soccorso, subito, ma in quel preciso istante il cellulare vibrò e vide chiaramente un enorme serpente lucido e nero uscire dal display, avventarsi verso di lui. In un attimo i denti, affilati come aghi, penetravano la sua pelle, il veleno poteva sentirlo scorrere nelle vene, bruciava, provò a muovere le braccia per liberarsi dalla morsa ma non riusciva a controllare alcun muscolo, non poteva urlare, perfino le palpebre non accennavano a scendere. In un secondo giaceva immobile, per terra, con lo sguardo spalancato verso il soffitto. Non poteva essere vero quello che aveva appena visto, non era reale ciò che gli stava accadendo. Completamente inerme, con il cuore in gola, sentiva gli umori degli occhi prosciugarsi lentamente come torrenti in estate. Il bruciore si fece più intenso, il soffitto parve creparsi e dalle fessure uscì il sangue, un reticolo rosso di capillari che esplodevano come fuochi d'artificio, fin quando il campo visivo non divenne completamente rosso. Poi il buio e soltanto le voci dall'altra stanza:

- Bell'amico che sei, Mancini! Hai intenzione di farmi condannare per omicidio?
- A parte il fatto che tu non hai amici ma soltanto creditori e poi questa è la più grossa stronzata che abbia mai sentito.
- E allora perché stai facendo di tutto per farmi arrestare?
- Non fare il finto tonto che già lo sei abbastanza senza sforzarti.
- Cosa intendi dire?
- Che è un finale di merda, ecco cosa intendo dire. Non puoi far morire tre

personaggi e non dare nessuna spiegazione.
- Beh, la spiegazione c'è.
- Quale? Quella del serpente che esce dal telefonino? Ma fammi il piacere!
- Ti pare che la luccicanza di Danny o la telecinesi di Carrie siano più credibili? O magari trovi più plausibile un bambino che torna in vita dopo esser stato sepolto in un cimitero indiano?
- Gianni, tu non sei Stephen King, capito? Tu sei un povero stronzo. Quando avrai i soldi che ha fatto lui allora ti potrai permettere di scrivere puttanate sui telefonini che fanno fuori la gente, come ha fatto lui con Cell.
- A me il film è piaciuto.
- Ecco, hai detto bene: a te è piaciuto. In tutto il mondo, anzi, in tutto l'universo conosciuto, a te è piaciuto. A te e basta.
- Ti ricordavo più coraggioso, una volta osavi, sperimentavi.
- Forse non ti è chiaro un concetto: siamo nella merda Gianni, nella merda vera, ogni libro che stampo potrebbe essere l'ultimo e tu te ne esci fuori con queste idee del cazzo.
- Allora se le mie sono idee del cazzo spiegami per quale ragione stai ripetendo esattamente le stesse parole del mio libro.
- Perché ci siamo nel tuo libro, coglione, e neanche questo è un finale accettabile, il surrealismo è roba degli anni '20. Arrivi con un secolo di ritardo.
- Quindi secondo te che cosa dovrei fare?
- Intanto svegliarti e poi buttare il cartone della pizza sul quale ti sei addormentato perché fa abbastanza schifo.

Gianni aprì gli occhi di scatto e il sussulto scosse il divano, il telecomando cadde in terra e come al solito ne uscirono le pile. Suonò il telefono, era Mancini.

- Pronto?
- Io sono sempre pronto. Senti, ti devo dire una cosa.
- Si tratta di Roberto?
- E tu come diamine fai a saperlo?
- Oh mio Dio! È morto?
- Ma quale morto? È fin troppo vivo, ti volevo avvertire che mentre noi parlavamo lui ha letto la bozza del tuo libro, che come un imbecille hai lasciato sul tavolo in sala d'aspetto.
- E quindi?
- E quindi è incazzato nero perché dice che lo hai descritto come un idiota.
- Ma se muore subito?
- Non prima che tu abbia specificato che i suoi romanzi sono tutti uguali, che non ha amici e che la sua donna l'ha sposato per convenienza. Ah, e ha tenuto

a specificare che non è rumena ma moldava.
- Appunto, vedi che non si tratta di lui?
- Guarda che non devi convincere me.
- E poi rumene, moldave... son tutte uguali.
- Col cazzo che sono uguali. La Romania fa parte dell'unione europea, per andare in Moldavia serve il passaporto.
- Sì, certo, il passaporto. Se alla dogana gli sventoli cinquanta euro non solo ti fanno entrare ma ti danno anche la consumazione inclusa.
- Il bello è che fai dire le stesse stronzate anche a Milena nel libro. Ma non è che per caso ci sei rimasto sotto con una dell'est?
- Io? Ma figurati. Lo sai come la penso.
- E come la pensi?
- Io ho sempre votato a sinistra.
- Questo non significa che tu lo sia.
- Che io sia cosa?
- Di sinistra. E comunque hai eluso la mia domanda.
- No, non mi sono scopato nessuna rumena se proprio lo vuoi sapere.
- E anche questo non significa niente. Io ti ho chiesto se ci hai battuto la testa, non se te la sei scopata. C'è una bella differenza.
- Quindi tu andresti a letto con una donna della quale non ti frega niente?
- Qui non stavamo parlando di me.
- Ah ecco, vedi? Subito sulla difensiva.
- Certo che sto sulla difensiva, vorrei vedere. Ti ho detto una sola cosa di mia moglie, una sola: che detesta il tabacco. E l'hai subito messa nel tuo libro.
- Vedo che continui a chiamarla moglie.
- Perché lo è, fin quando il divorzio non sarà ufficiale.
- Sì, vabbè. Piuttosto, cosa vuole quell'altro rincoglionito?
- Chi?
- Roberto. Non mi hai chiamato per parlare di lui? - Sì, vuole che cambi il nome della vittima.
- Non ci penso neanche.
- Gianni, non mi devi rompere i coglioni. Sii buono, su. Cosa ti cambia se invece di chiamarsi Roberto si chiama Danilo?
- Ma senti! E secondo te gli do un nome slavo?
- Oh merda, è soltanto il primo che mi è venuto in mente, e comunque mi pare evidente che tu abbia un problema con la gente dell'est.
- No, il problema ce l'hai tu perché ti ostini a dare credito a uno scrittore mediocre che non perde occasione per fare la prima donna.
- Ah, questo è poco ma sicuro, e ci sto pure mezz'ora al telefono. Dai, vediamoci domattina che ne parliamo.
- Ne abbiamo già parlato.

- A domani Gianni.
- Ok.

Milena

Milena faceva quello che le riusciva meglio; mettere ordine. Il suo era un mondo di schedari, pagine excel e fatture registrate in doppia copia: ordine cronologico ma anche alfabetico, in base al nome del cliente. Non faceva la segretaria in attesa di realizzare le sue vere ambizioni, si trovava esattamente dove voleva essere.
Si concedeva un filo di trucco ma senza esagerare, di solito indossava gonna e camicetta, niente di appariscente, nel tempo libero jeans. Insomma, a prima vista era una donna assolutamente ordinaria. Aveva però una grande passione: qualcosa che con il suo aspetto e la sua professione pareva proprio cozzare. A Milena piaceva sparare. Una volta a settimana, senza eccezioni, si recava al poligono di tiro. Nel suo kit: le cuffie isolanti, gli occhiali in policarbonato, due caricatori e una bacchetta per la pulizia della canna, del resto le era già accaduto che un bossolo rimanesse incastrato nella camera di scoppio. L'asta, chiaramente, era componibile, per far sì che entrasse nella borsa, ma una volta montata misurava un metro. Immancabili i guanti e infine il piccolo kit di pronto soccorso. Tutto aveva una sede precisa, tutto doveva essere ricontrollato ogni volta. Perché lo faceva? Era la domanda di rito ogni volta che ne parlava con qualcuno. Lei invece non se lo era chiesto mai, lo faceva e basta; come andare dal parrucchiere oppure al cinema, questa la risposta ufficiale. E quella ufficiosa? Forse non c'era. Nessuna stronzata psicologica; non odiava nessuno, era sostanzialmente soddisfatta di ciò che faceva. Gli uomini, quelli in effetti li sopportava sempre meno, gli sguardi lascivi, gli sfregamenti fintamente casuali, le battute, sempre le stesse. Invece il signor Roberto era un gentiluomo; educato, gentile, notava tutti quei piccoli particolari che agli altri sfuggivano, un vero peccato che fosse sposato. Con quella rumena poi!
O era moldava?
- Salve, si accomodi, il Direttore è di là con Gianni.
- Oh, bene, libro nuovo?
- Sì, così sembra, però credo abbiano delle divergenze sul finale.
- Capita, soprattutto quando si tentano strade nuove. A proposito di nuovo, questa camicetta è adorabile, le sta davvero bene.
- Grazie, pensi che l'ho comprata su internet, sono stata fortunata perché le taglie non corrispondono mai.
- Ah, io non ho la benché minima idea.
- Di quale sia la sua taglia?
- No, di come si faccia a comprare online.
- Davvero? Eppure la gente i suoi libri li compra soprattutto là.
- Lo so, infatti mia moglie dice sempre che sono antiquato, che ho un'idiosincrasia per le nuove tecnologie. In realtà non è vero, sono bravissimo nel programmare il timer del videoregistratore.
- Ah già, a proposito signor Roberto, quest'anno abbiamo deciso di fare un

piccolo presente alle compagne e ai figli dei nostri autori. Lei non ha figli, vero?
- Un regalo? Che bel pensiero! No, non abbiamo figli, non per adesso almeno.
- Una cosuccia, niente di che, le vado a prendere il pacchetto per sua moglie allora.
- Gentilissima.

Milena scomparve per qualche minuto, Roberto ne approfittò per consultare il cellulare; niente messaggi, non che ne stesse aspettando. Aprì Snake, il vecchio gioco faticosamente ritrovato nella selva delle nuove e poco attraenti applicazioni, quasi tutte concepite solo per spillare soldi. Pochi secondi e già era partita una pubblicità, ai tempi del Nokia mica c'erano gli spot, eppure lo chiamano progresso. Milena rientrò col pacchetto e lo appoggiò sul tavolo.

- Ecco, lo dia a sua moglie, con i nostri omaggi.
- Certamente. Grazie ancora.

Mentre Milena guadagnava nuovamente la segreteria, Roberto prese in mano il pacchetto, quasi a voler intuire cosa ci fosse dentro basandosi sul peso.
Poi provò a scuoterlo, chissà perché facciamo sempre quel gesto, per capire se ci hanno regalato delle maracas? In quell'istante ebbe la netta sensazione che qualcosa si muovesse dentro il pacco. Buffo. Lo fece di nuovo. Stessa curiosa reazione: pensò a una di quelle vecchie palle di vetro piene di liquido, quelle che smuovendole rilasciano la neve. Sì, probabilmente era il peso dell'acqua a dare quella piccola scossa di ritorno. Ma chi le comprava più ormai quelle oscenità? E soprattutto: chi è che continuava a venderle? Guardando colpevolmente verso la stanza di Milena, provò ad allentare il nastro rosso che cingeva la scatola, giusto il necessario per sbirciare. Mise il pacco sulle gambe e forzando leggermente con le dita ottenne uno spiraglio: non si vedeva granché. Spinse ancora un pochino, il cartone iniziava a cedere, doveva fermarsi prima che si vedesse chiaramente la sua manomissione. Prese il cellulare, ancora fermo su Snake, e lo avvicinò alla fessura per far luce dentro il pacchetto. Fu un attimo: il serpente trovando finalmente l'uscita si avventò sul suo collo, conficcandogli in profondità i denti e rilasciando il suo liquido letale. Neanche il tempo di rendersi conto e già il veleno lo aveva immobilizzato, i muscoli della mano erano contratti sul telefono come una morsa, lo sguardo fisso verso la segreteria, quasi a riporre la sua unica speranza di salvezza proprio nella persona che lo stava uccidendo. Milena comparve sulla porta, vide la scena, si portò una mano sulla bocca come a volersi impedire di urlare, poi riacquistò la calma. Il pacchetto era per quella troia, non per il signor Roberto.

- Nessuno avrebbe potuto ricondurlo a lei, capito? Certo, lui avrebbe raccontato

la sua versione ma non gli avrebbe creduto nessuno: trent'anni di galera minimo. In questi casi il marito è sempre l'unico sospettato.
- Sì, ok, ma per quale ragione la segretaria avrebbe dovuto far fuori la moglie rumena? Per gelosia?
- No, ma quale gelosia! Per far incarcerare lui, no?
- Non ti seguo.
- Hai capito o no che l'editore è sempre lì a sottolineare che c'è la crisi, che sono nella merda, che non possono permettersi di rischiare eccetera eccetera?
- Sì, e quindi?
- Milena è terrorizzata dal fatto di perdere il lavoro, se l'autore di punta finisce in galera per uxoricidio si decuplicheranno le vendite dei suoi libri. È geniale, no?
- Boh, non lo so, è già meglio di quella stronzata di prima, però Roberto finisce in prigione come assassino. Non credo che la prenderà bene.
- Sì ma chi se ne frega di Roberto, l'importante è che la storia regga, poi l'argomento è caldissimo, secondo me è una bomba.
- Può essere, però alla fine dei giochi è la storia di una donna che rovina un uomo, non il contrario.
- Esatto! Ed è proprio quello il punto.
- Il punto di cosa?
- Seguimi; noi facciamo credere che si tratti di un omicidio passionale ma nel finale sveliamo che invece si tratta di interesse economico. Del posto di lavoro. Le donne non fanno queste stronzate per gelosia.
- Questa è una cazzata.
- Allora dimmi di una donna arrestata per violenze coniugali.
- La moglie di Lionel Richie, per esempio.
- Cioè?
- Quando scoprì che lui le era infedele lo seguì fino all'albergo dove si incontrava con l'amante e lo pestò a sangue.
- Sì va bene, ma è un caso isolato.
- Veramente no, la moglie di Tiger Woods gliele ha suonate addirittura con una delle sue mazze da golf.
- L'ha ammazzato?
- No che non l'ha ammazzato, cazzo, ma avrebbe potuto.
- Avrebbe potuto è diverso da averlo fatto.
- Era per dire, e comunque di mogli che ammazzano i mariti o che li fanno ammazzare per gelosia ce ne sono stati.
- Sì ma a noi di tutto questo non ce ne frega niente.
- No, in effetti no. Noi dobbiamo vendere libri.
- Esatto. E Milena non agisce per gelosia, ma perché non può permettersi di perdere il lavoro. E soprattutto non lo fa di proposito.
- Sì ma voleva comunque ammazzare una persona.

- Ma chi, la troia rumena?
- La troia rumena.
- E qui veniamo al secondo punto.
- Sarebbe?
- Iliana è clandestina, ha pure precedenti con la legge e Milena lo sa.
- Ma se prima non ne conosceva neanche il nome!
- Quando?
- Quando il commissario cercava il numero sul cellulare del morto per avvertirla. Ora invece ha i documenti e ha anche accesso alla fedina penale?
- Fingeva, no? Per non farsi beccare. E poi i precedenti li ha trovati su internet.
- Ammesso che tutto questo regga, il fatto che sia clandestina ti pare motivo sufficiente per volerla ammazzare?
- I clandestini sono tutti delinquenti.
- Bella cazzata.
- Concèntrati! Ti ricordi cos'è che dobbiamo fare noi?
- Sì, vendere libri. Ho capito.
- Esatto. Ci parli tu con Roberto?
- E certo che ci parlo io, e chi sennò? Ma non ti aspettare che gli vada bene neanche per il cazzo: muore comunque, lo vorresti mandare in galera per uxoricidio e in più si scopre pure che la moglie è una mezza delinquente. Gli manca la lebbra.
- Ciao Mancini.
- Vaffanculo Gianni.
- Ti voglio bene anch'io.

L'attacco di panico

Milena entrò in segreteria per preparare il pacchetto; il serpente era ancora piuttosto stordito dall'anestetico ma da lì a breve si sarebbe risvegliato. Lo raccolse dalla borsa del poligono, perfetto alibi per trasportarlo visto che tutti conoscevano la sua passione, e lo adagiò nella scatola rossa di cartone. Ora non restava che darlo al signor Roberto, lo osservò un'ultima volta prima di chiudere il pacchetto col nastro da regalo. Non era stato semplice procurarsi quella bestia. Fortunatamente il tizio del rettilario, conosciuto al poligono di tiro, non era tipo da farsi troppi scrupoli.

- Si trova proprio ogni tipo di serpente?
- Certo, alcuni in teoria non si dovrebbero poter catturare, ma come per qualsiasi altra merce si tratta solo di quanto uno è disposto a spendere.
- Sinceramente, ma tu pensi che io sia strana se mi piacciono i serpenti?
- Dimentichi che ti ho conosciuta in un poligono di tiro.
- Ecco, ora mi sento veramente una squilibrata.
- Ma figuriamoci! È soltanto colpa del retaggio cattolico.
- Cosa?
- Il ribrezzo verso il serpente. La bibbia inizia addirittura sostenendo che sia l'incarnazione del Diavolo. In realtà è un animale come tutti gli altri, anzi, alcuni sono più capaci di affetto rispetto ai conigli o alle galline, solo che parlano un linguaggio molto distante dal nostro.
- E ciò che non si conosce, come sempre, mette paura.
- Esattamente. Ma vienimi a trovare, sul serio, ci sono degli esemplari che vale la pena vedere. Oddio, mi sto rendendo conto che detto così suona un po' come la collezione di farfalle.
- Potremmo vederci per un tè, al Caffè Eva.
- Dov'è?
- Vicino al mio ufficio, fanno il miglior caffè della città.

Milena rientrò a casa soddisfatta. Richiuse l'uscio con lentezza alle sue spalle e posò il mazzo delle chiavi sul tavolino dell'ingresso. Si fece un po' paura vedendo il proprio riflesso nel grande specchio dell'atrio, stava pianificando un omicidio, ma subito tirò un sospiro di sollievo realizzando d'essere ancora in tempo a tornare indietro. Questo pensiero in bilico fra il futuro e il futuribile la eccitava. Poi la sua mente virò, improvvisamente, innescando un attacco di panico. Era di nuovo quel maledetto 9 marzo: poteva sentire l'alito di quell'uomo, un miscuglio di tabacco e vino da quattro soldi, la sua mano sinistra che l'afferrava per la gola mentre la destra cercava maldestramente di slacciarle il reggiseno. Non era stato facile smettere di odiare l'intero genere maschile, non dopo quei lividi, non dopo quel rivolo di sangue che le scendeva fra le cosce, le parole di disprezzo, coltelli affilati che le laceravano l'anima come nella tela di Lucio Fontana. Perdonare? Sì, come no. Certe cose neanche Dio le può perdonare e soprattutto non deve farlo, mai. Altrimenti cosa l'avrebbe inventato a fare l'inferno?

Anna, scusa l'orario.
- È uno di quei momenti?
- Già.
- Hai preso la pastiglia?
- Sì ma non riesco a uscirne, ho paura.
- Sta accadendo tutto nella tua testa, tienilo sempre presente, anche se in questo momento ti pare impossibile. Nessuno può farti del male.
- A parte me.
- Neanche tu te ne farai, altrimenti non saresti paralizzata dalla paura, è solo la tua mente che ti sta boicottando.
- Non ce la faccio, ho i brividi, non riesco a respirare.
- Certo che respiri, non sei mica tu a deciderlo, il respiro come il battito cardiaco sono regolati dal sistema neurovegetativo, altrimenti quando ti addormenti moriresti.
- Tu pensi che io morirò?
- Sì, come tutti, ma non stasera. Piuttosto, dimmi dov'eri oggi, così ti distrai.
- Sono andata a sparare, come sempre.
- E?
- E niente... ho conosciuto uno.
- Uno. E com'era? Carino?
- Beh... sì, dai, niente male.
- Ecco! Ora sì che ti riconosco. Dimmi dimmi; moro?
- Sì, con la barba, aveva su una camicia orribile ma lui era interessante.
- Interessante? Di cosa avete parlato?

A questo punto, nonostante l'attacco d'ansia, Milena era sufficientemente lucida da capire che qualsiasi riferimento ai serpenti sarebbe stato rischioso e disse la prima cosa che le venne in mente:

- Di Dio.
- Di Dio? Da quando ti interessi di religioni?
- Ma mica in quel senso!
- Perché ce n'è un altro?
- No, cioè sì, voglio dire, intendevo che abbiamo parlato di spiritualità.
- Mh, e pensi sul serio che io me la beva?
- Giuro, più che altro di aldilà, reincarnazione, quella roba lì. Sai, il discorso è partito perché ragionavamo sul cosa faremmo se ci trovassimo a dover sparare sul serio a una persona reale e non a un cartonato.
- E tu cosa faresti?
- Io? Io non avrei mai il coraggio di togliere la vita a qualcuno.

Forse era vero, forse non lo avrebbe mai fatto, quello che le interessava davvero era solo dimostrare a se stessa che avrebbe potuto. E poi nessuno avrebbe creduto alla sua versione: Roberto De Carlo, il grande scrittore, il ritratto del quieto e borghese vivere... un violentatore? Ma figuriamoci, è la solita storia della segretaria che non avendo altre doti cerca di far parlare di sé. Questo avrebbe detto la gente, questo avrebbero scritto sui blog. Certo che lo odiava, e odiava ancora di più se stessa per tutti quei falsi sorrisi che gli aveva concesso, per aver ripetuto ogni giorno quanto "il Signor Roberto" fosse una persona seria e rispettabile. Per aver inscenato perfino un flirt pur di non dare adito a sospetti. Che poi, che cazzo di parola è "adito"? Stavo pensando a un concetto molto semplice, quello di destare sospetti, quando improvvisamente si è fatta strada nella mia mente la parola "adito" che letteralmente significa "ingresso". Ma chi è che oggi direbbe: "quella porta dà adito alla camera"? Nessuno. Anzi, forse il signor Roberto sì, perché tutto si poteva dire di quel mostro ma non che fosse un buzzurro. Oddio, ho davvero pensato "buzzurro"?

- Anna, ma tu lo sai chi erano i buzzurri?
- Cosa?
- I buzzurri.
- Ma questo cosa c'entra col tipo di ieri sera?
- Niente, niente, lui era gentilissimo, proprio per questo ho pensato fra me "Vedi? Non è che tutti i tizi che incontri al poligono sono dei buzzurri".

- Ah, ho capito. Bene, sono felice per te.
- Insomma, lo sai oppure no?
- Cosa?
- Come cosa? Chi erano i buzzurri.
- Certo che so cosa sono i buzzurri: persone rozze e maleducate.
- Sì, oggi si intende quello ma in origine i buzzurri erano i montanari che scendevano in città per vendere le caldarroste, noi ci chiamavamo così gli svizzeri. Capito? I buzzurri erano loro. Pensa un po' quanto son cambiate le cose.
- Milena, stai meglio?
- Oh sì, scusa, è davvero tardissimo. Grazie per avermi ascoltato, Anna, sei impagabile. Adesso vedo se riesco a dormire un po'.
- Bene, allora buonanotte. Se vuoi ci vediamo domani e facciamo colazione insieme così mi finisci di raccontare del tizio del poligono.
- Ok, con piacere, allora a domani!

Illusioni postdittive

Insomma, com'è morto Roberto? È stato il serpente uscito dal telefonino? Sei stato tu invidioso del suo successo? È stata Milena? E il serpente era destinato alla moglie moldava oppure a lui, come vendetta per lo stupro subìto? - Vedi? Le possibilità sono infinite, per questo il nome dell'assassino non voglio mettercelo.
- A volte mi chiedo se sei idiota sul serio o se lo fai perché prendi una pensione.
- Vedi Mancini, il punto è che fin da quando siamo piccoli ci inculcano questa storia del libero arbitrio, lo fanno per giustificare il mancato intervento divino di fronte alle ingiustizie. È l'Uomo che sceglie di fare il male e Dio non glielo impedisce perché altrimenti avrebbe creato delle macchine, prive di coscienza. Cresciamo con questo mito ma in realtà noi non scegliamo un cazzo, abbiamo solo l'illusione di farlo e non lo dico io, lo dice la Scienza.
- Ah, ma pensa. Lo hai letto su Focus Junior?
- Hanno fatto un esperimento, qualche tempo fa. Hanno chiesto a 25 volontari di guardare cinque cerchi bianchi su uno schermo e di indovinare quello che sarebbe diventato rosso. Il numero 1, il 2, il 3 e così via. Una volta acceso dovevano poi cerchiare le previsioni che si erano rivelate corrette. Sai cos'è successo? Che in media gli studenti si attribuivano il 20% di risposte esatte ma aumentando la velocità, e dunque diminuendo il tempo per decidere, la percentuale stranamente saliva. Sai perché?
- Perché baravano. Mi pare ovvio.
- Cosa c'entra? Potevano barare anche quando i cerchi s'illuminavano lentamente.
- Mh, e allora?
- In sostanza questi tizi scambiavano l'ordine degli eventi; venivano fottuti dal loro cervello! Credevano di aver predetto la risposta e non era così! Capito? Loro il cambio di colore lo vedevano prima ma il passaggio era così veloce che si convincevano di averlo predetto.
- Sì, ho capito, non sono un imbecille, anche se pubblico i tuoi libri. E tutto questo cosa dimostrerebbe?
- Come certe scelte che reputiamo inconsce siano in effetti del tutto consapevoli. Sai come si chiamano? Illusioni postdittive. Sarebbe bello anche come titolo: “Illusioni postdittive”, sottotitolo: la mente riscrive la storia.
- Sì, certo, è perfetto se vuoi che finisca nella sala d'aspetto d'uno psicanalista.

Io invece vorrei che la gente lo comprasse, pensa te. Ma sarò stronzo?
- Te pensaci.
- Ci ho già pensato.

Mancini

Snake era anche il soprannome di Mancini ma erano anni che nessuno lo chiamava più così. Gli affibbiarono quel nomignolo a scuola, pare avesse un uccello fuori misura. Voi ridete ma non avete idea di quali cattiverie possano partorire i ragazzini nelle docce del dopo partita. Certo poi era cresciuto, si era inventato un lavoro che svolgeva con passione e aveva sposato la donna che amava. Tuttavia quel mondo, costruito con fatica, si stava sgretolando facendo riaffiorare la sua antica fragilità, quella di Snake, il ragazzino col pisello troppo lungo. Ma può, un pisello, essere troppo lungo? Troppo lungo per fare cosa? Vorrà dire che quando scopi ne usi metà, risolto il problema. Non ho mai sentito donne che discutono di quanto ce l'hanno profonda. Questa ossessione per le misure è davvero insensata e Mancini lo sosteneva da sempre: “l'unico ambito in cui la lunghezza conta davvero è la cifra dell'estratto conto”, diceva. Eppure lui, che di lungo aveva praticamente tutto, l'amore della sua vita l'aveva perso comunque.

Quel posto glielo avevano consigliato in parecchi; un palazzo piuttosto alto, sede di parecchi uffici, la maggioranza commercialisti e avvocati, eppure in cima, all'ultimo piano c'era una specie di bordello. Tutti lo sapevano, nessuno lo sapeva. Polizia inclusa. Ad aprire la porta fu una ragazza dalla carnagione scura, alta, i capelli raccolti ne scoprivano il collo.

- Ciao, è la prima volta?
- Che faccio sesso?

La ragazza rise d'un riso sincero, poi si ricompose.

- No, intendevo se è la prima volta che vieni qui.
- Sì, in effetti sì. Cercavo una ragazza dell'est.
- Adesso in casa ci sono soltanto io, le altre sono fuori. Vuoi un caffè?
- Perché no?
- Perfetto. Sei di qua?
- Sì, abito qui da sempre, tu invece mi sa di no, eh?
- Sì sì, sono nata anch'io qua.
- Oh, scusa, non volevo dire che...

- Tranquillo, ci sono abituata. A dire il vero il colore della mia pelle non ha mai rappresentato un problema, anzi, in questo campo è addirittura un vantaggio.
- Sì?
- Certo. Tu invece preferisci le donne dell'est.
- Io? Ma no, non l'ho detto per quello. In realtà ci sono belle donne in ogni luogo del mondo.
- Uuh, che risposta politically correct. Guarda che non ti sto giudicando, tutti noi abbiamo delle preferenze, no? Grassi, magri, glabri o pelosi, alti o bassi. I capelli come ti piacciono?
- Intendi il colore?
- Ah ma allora hai proprio la fissa per i colori! Intendevo mossi o lisci.
- Mossi, sicuramente mossi.
- Zucchero?
- Mi piace qualche canzone.
- Dai... intendevo nel caffè!
- Stavolta giuro che avevo capito. Un cucchiaino, grazie.
- Senti ma... io ti piaccio?
- Sì, sei carina.
- Solo carina?
- Molto carina.
- Mh, già meglio. Vorresti fare l'amore con me?
- Il caffè è davvero buonissimo.
- Questa non è una risposta. Anzi, non gli somiglia neanche lontanamente a una risposta.
- Sì, mi piacerebbe. Mi piacerebbe molto. Cosa devo fare?
- Vieni, andiamo in camera mia.

Un sacco di uomini cercano sesso a pagamento, si parla di circa tre milioni di italiani, un giro d'affari enorme: quattro miliardi di euro all'anno. Questo non considerando il sesso online, fatto attraverso le webcam. Mancini non era un habitué di quei luoghi ma di certo le scopate virtuali non riusciva proprio a concepirle, come si può fare sesso senza toccarsi? Uscì da quella porta circa tre quarti d'ora più tardi, le altre ragazze non erano ancora rientrate, per un attimo pensò che forse neanche esistessero. Ad ogni modo, se fosse tornato

avrebbe cercato di nuovo lei. “Cazzo, il nome...” - borbottò a mezza voce mentre scendeva le scale - Il nome di quella ragazza, non se l'era fatto dire.
Squillò il cellulare, era Gianni.

- Allora, cos'hai deciso per il libro?
- Gianni, ti ho già detto cosa ne penso. Non puoi scrivere un giallo senza metterci il nome dell'assassino.
- Se davvero pensi che i nomi siano così importanti perché non sai quello della troia che ti sei appena scopato?
- Cosa caz... dove sei?
Mancini si girò di scatto e lo cercò con lo sguardo, non pareva esserci nessuno. Poi si aprirono le porte dell'ascensore, come un sipario, e ne uscì Gianni brandendo ancora il telefonino.

- Ti ho beccato, cazzo. Ti ho beccato!
- Senti, io non so cosa tu abbia pensato o cosa credi di aver capito ma guarda che non è come sembra.
- Perché, come sembra?
- Ma poi cosa ci fai tu qui?
- Eh no, amico, la domanda l'ho fatta prima io.
- Non credo siano cazzi tuoi.
- Ok, allora se la metti così potrei risponderti anch’io allo stesso modo.
- Va bene, sai cosa me ne frega di cosa ci fai qui.
- Io ero dal mio avvocato.
- Ecco, bravo. Ora che mi hai raccontato la tua giornata direi che abbiamo assolto ai nostri doveri coniugali.
- Non fin quando tu non mi hai detto della tua.
- Vuoi davvero saperlo? Allora siediti, è una lunga storia.

Stamattina mi sono svegliato presto, probabilmente un rumore fuori, forse quel cazzo di camion che pulisce le strade, non lo so, sta di fatto che non c'è stato più verso di riposare. Sono andato in bagno ed era finita la carta igienica, poi sono andato in cucina ed era finito il caffè, insomma, lo capisci subito quando si sta profilando una giornata di merda. Avevo soltanto dello yogurt scaduto in frigo e qualche biscotto ormai più moscio del mio uccello, quindi decido di uscire e cercare un bar ma appena arrivo in strada inizia a piovere e in pochi minuti mi ritrovo fradicio come in Blade Runner. Mi infilo in macchina e vado in ufficio, ovviamente Milena non era ancora arrivata e per avere l'illusione di un po' di compagnia accendo la radio. La speaker parla di un serpente letale appena scomparso da un rettilario qui in città. Roba da matti, penso fra me: scappato non può essere, lo avranno rubato. Ma chi cazzo lo ruba un serpente? Per farci cosa? Nel frattempo arriva Milena, ha con sé un pacchetto, lo appoggia sulla sua scrivania, mi sorride e mi chiede se ho già preso il caffè, le rispondo di no e subito si dirige alla macchinetta, presumo per prepararne due. A quel punto accade qualcosa che a raccontarlo non ci si crede: suonano al campanello, Milena abbandona momentaneamente l'idea dei caffè e va ad aprire. È Roberto. Gli chiedo come mai sia già in piedi a quell'ora e lui risponde che ha passato la notte in bianco a litigare con sua moglie. D'improvviso il pacchetto di Milena si muove, cade dalla scrivania, si squarcia e ne esce il serpente più fottutamente veloce che abbia mai visto. Milena e io facciamo appena in tempo a rinchiuderci dentro il mio studio ma Roberto non è abbastanza rapido e quella bestia del cazzo gli si avventa addosso mordendolo. Quello che è successo dopo lo vediamo attraverso i vetri opachi della porta, la scena non è limpida ma neanche troppo difficile da ricostruire: lui è terrorizzato, il serpente è davanti all'ingresso, unica via d'uscita. Preso dal panico cerca di estrarre il cellulare, forse per chiamare un'ambulanza ma è già troppo tardi, le mani gli si sono gonfiate, il telefonino s'illumina. Il serpente lo attacca ancora, lui si accascia al suolo, il viso paonazzo, sembra voler urlare ma non un suono esce dalla sua gola. Si trascina per terra, poi si ferma, esattamente in corrispondenza del tavolo. L'ho visto morire, e morire nel tempo di una bestemmia, capisci? Mi giro verso Milena e le chiedo perché avesse uno stramaledetto serpente impacchettato come un libro di Amazon, lei mi risponde che non sapeva cosa ci fosse dentro il pacchetto, che era il regalo di un tizio conosciuto al poligono di tiro. Io non ci credo neanche per il cazzo. Un regalo a quest'ora di mattina? Le chiedo. Lei mi risponde di sì, che se lo è ritrovato davanti alla porta di casa e che ha pensato di aprirlo una volta giunta in ufficio. Le domando come fa ad essere certa che provenga da quel tipo lì e lei mi dice che c'era un biglietto: “Ai tuoi occhi non c'è antidoto”. Erano le stesse parole che le aveva detto la sera

prima, le erano parse perfino romantiche ma ora avevano assunto tutt'altro significato. Che quella storia fosse vera o meno dovevo chiamare la Polizia, forse anche i vigili del fuoco, tiro fuori dalla tasca il telefono ma Milena mi dice: “Vuoi davvero chiamare la Polizia? Come glielo spieghiamo che c'era un serpente in ufficio?”; mi volto di scatto e le rispondo che è lei a doverglielo spiegare, che io non c'entro niente. Un secondo dopo mi rendo conto che invece ha ragione, che è una faccenda talmente assurda che nessuno ci crederebbe mai, che gli sbirri potrebbero porre mille domande, che sono io il responsabile della sicurezza là dentro, che le indagini potrebbero andate avanti per anni e che rischio sul serio di chiudere baracca. Sì ma intanto come facevamo ad uscire di lì? Eravamo barricati in una stanza al quinto piano, assediati da un serpente e non potevamo chiamare nessuno senza essere costretti a spiegargli cosa ci facesse un cadavere in sala d'aspetto. Sembrava di essere in uno dei romanzi che pubblico, anzi, qualcuno era perfino più credibile di quello che stavo vivendo. Milena nel frattempo era andata alla finestra, guardava verso il basso, no, non c'era modo di uscire da lì. Poi l'illuminazione: “e se chiamassi il tipo del rettilario, quello che mi ha dato il pacchetto, e gli dicessi ingenuamente di venire qua a riprendersi il serpente perché non posso tenerlo?”; l'idea non era affatto male. Di certo sarebbe stato curioso di capire come si era salvata, io gli avrei aperto da qui, col pulsante apriporta e lui di certo avrebbe portato con sé un antidoto e anche il necessario per rendere innocua quella bestia del cazzo. Si poteva fare. “Ok, chiamalo”, le dico, “ma con Roberto come facciamo?”, lei mi risponde che essendo lui il responsabile del serpente scomparso dal rettilario gli conviene far sparire il cadavere, così come avrebbe fatto con lei se quel pacchetto lo avesse aperto in casa, perché con ogni probabilità era quello il piano di quel pazzo: farla mordere e poi con calma tornare a riprendersi il serpente.
“Lui ha le chiavi di casa tua?” le chiedo, “No, ha solo visto dove le nascondo quando esco. Forse non è neanche la prima volta che lo fa.” Un serial killer che utilizza un serpente come arma? Era la storia più incredibile che mi fosse capitato di ascoltare. Ad ogni modo non c'erano alternative: bisognava chiamare quello squilibrato. Milena preme il suo nome sullo schermo del cellulare: “Adam”. Cazzo di nome è Adam? Fra l'altro se c'è stato uno che è diventato l'emblema del farsi fregare da un serpente si chiamava esattamente così.

Milena resta sul vago, finge di flirtare, gli dice che la bestiolina è buonissima, che ci ha fatto subito amicizia, ma proprio non se la sente di accudirlo. Poi finalmente gli chiede se può raggiungerla in ufficio, gli dà l'indirizzo, riaggancia. Certo che questo Adam dev'esserci rimasto abbastanza sorpreso, una donna che credeva morta lo chiama per un appuntamento. Sta di fatto che dice di sì e io non so se sentirmi sollevato o più terrorizzato di prima; fra pochi minuti non solo ci sarà un serpente letale in quella stanza ma anche un pazzo assassino che ha tentato di uccidere la mia segretaria. Passa un quarto d'ora e suonano. Premo l'apriporta ma nessuno si fa avanti, poi una voce: "È permesso?". Oh cazzo, penso fra me, e se non fosse questo Adam ma qualcun altro? Infatti è così. Si schiude la porta, è un corriere, con un enorme pacco di libri che gli impedisce la visuale, fa un passo e lascia cadere di peso lo scatolone. Roba da non credere: quel cazzo di plico, gigantesco, non va a schiacciare proprio il serpente? Pazzesco. Apro velocemente la porta dello studio e mi dirigo verso il corriere prima che scorga il corpo di Roberto, steso dietro il tavolo: "c'è da firmare qualcosa?", mi dà la ricevuta, c'è già uno scarabocchio, dice che è tutto a posto e se ne va. Il serpente a questo punto non è più un problema ma ho ancora un cadavere e un assassino in arrivo. Controllo Roberto, non respira, non c'è battito, il cellulare è ancora acceso ma non è sulla rubrica, è partito Snake, il vecchio gioco, la mano si è talmente gonfiata che è impossibile distaccare il telefono, è praticamente inglobato nel palmo. Chiedo a Milena di aiutarmi ad adagiare Roberto sulla sedia, se non lo si è mai fatto non ci si può rendere conto di quanto sia faticoso spostare un morto. Poi, senza alzarlo da terra, trascino lo scatolone dei libri oltre la porta del magazzino e la chiudo. Il fottuto serpente è ancora schiacciato là sotto. Milena intanto fa rabbiosamente a pezzi il pacchetto regalo e butta i resti nel cesso. Suonano alla porta, penso che questa volta sia davvero Adam e invece il campanello trilla di nuovo e sento urlare: "aprite immediatamente, Polizia!" Un rapido scambio di sguardi con Milena, a questo punto c'è ben poco da fare, lei apre la porta.

- Ci hanno segnalato un omicidio.
- Chi?
- Questo non vi riguarda.
- Stavamo per chiamare noi, ispettore.

- Non sono un ispettore, sono commissario.
- Mi scusi agente.
- Sì, vabbè, lasciamo perdere. Chi è il cadavere?
- Si chiamava Roberto.
- Figli?
- No, però era sposato.
- Avete avvertito la moglie?
- Veramente ispettore credevo che doveste farlo voi.
- Sono commissario, signorina, commissario. E comunque vedo che sui documenti c'è scritto celibe.
- Sì perché si è sposato pochi mesi fa, una donnetta dell'est, rumena mi pare. Io le odio quelle, cercano soltanto un modo per sistemarsi. - Guardi, non sono qui per ascoltare i suoi sproloqui razzisti, mi dica piuttosto come possiamo rintracciare questa donna.
- E io che ne so? Non l'ho neanche mai vista.
- Non l'ha mai vista però è certa che si sia sposata per interesse, curioso. Chi altri è entrato, stamattina, in questa stanza?
- Nessuno, mi pare.
- Ci pensi bene, neanche per una consegna? I vicini dicono di aver sentito il vostro campanello.
Signor Mancini, ha ricevuto qualcosa?
- No, niente lettere o pacchi che io ricordi. Il campanello ha suonato perché è venuto qui in ufficio un altro nostro scrittore.
- Come si chiama?
- Gianni.
- Lo chiami subito e lo faccia venire qui.

Poi, in qualche modo, sono venuto qua. Dove lavora la moglie di Roberto.

- E te la sei scopata.
- Ma non dire idiozie, non l'ho neanche trovata.
- Ma secondo te lui lo sapeva che lei fa la puttana?
- Certo che no.
- Tu invece sì.

- Già. Fu lei a dirmi di venirla a trovare qui.
- Che troia.
- Senti, non me ne frega un cazzo di cosa fa per vivere, e a quanto pare fregava poco anche a Roberto. Qui il problema è che siamo sospettati di omicidio.
- Certo. Perché sei uno stronzo. Hai voluto inventarti che son venuto da te, quando avresti potuto dire semplicemente la verità, e cioè che quella bestia del cazzo nel tuo ufficio ce l'ha portata Milena. Non riesco a capire perché tu la stia proteggendo.
- Milena in questa faccenda è una vittima.
- Tu dici, eh? E ne sei così sicuro perché un certo "Adam", che non hai mai né visto né sentito, avrebbe tentato di ammazzarla. Poi, non essendoci riuscito, ha chiamato la Polizia denunciando un omicidio che non aveva visto.
- Guarda che la chiamata a quel tizio l'ho sentita con le mie orecchie.
- E chi ti dice che dall'altro capo del telefono ci fosse qualcuno?
- Ok, Sherlock Holmes, e secondo te la polizia chi l'avrebbe chiamata?
- Che cazzo ne so, magari lei stessa, quando tu sei andato a prendere la ricevuta del corriere.
- Ma se è stata proprio lei a dirmi di non chiamare!
- Questo però prima che il serpente morisse e di aver fatto sparire il pacchetto con le sue impronte.

In quell'istante il rumore del portone che si chiude annuncia l'arrivo di qualcun altro nel palazzo, Mancini e Gianni si voltano contemporaneamente; è Iliana, la moglie di Roberto.
- Ciao.
- Ciao Iliana. Purtroppo non c'è un modo indolore per dirtelo, oggi ti abbiamo cercata ma eri irrintracciabile. Roberto ha avuto un incidente e non ce l'ha fatta.
- Oh mio Dio, che incidente? Con l'auto? Dove si trova adesso?
- No, l'auto non c'entra, è accaduto nel mio ufficio, il corpo a quest'ora l'avrà portato via la polizia. C'è un'indagine in corso, stanno cercando di capire.
- Anch'io sto cercando di capire! Com'è possibile? Roberto stava benissimo. Cos'è successo?
- Senti Iliana, ti capisco, sono sconvolto quanto te.

In quel preciso istante scende per le scale la ragazza di colore con la quale

Mancini pochi istanti prima s'era intrattenuto. Lei lo guarda:

- Ciao tesoro, ancora qui?

Iliana sbotta, il suo è un misto di rabbia e disperazione:

- Ah, tu saresti sconvolto? Talmente sconvolto che sei venuto a scopare!
- Ti giuro, sono venuto per dirti di Roberto, volevo avvertirti, la polizia sta cercando anche te. Non mi pareva il caso di dire loro che potevano trovarti qui.
- E io cosa dovrei fare, adesso?
- Non lo so.
- Ah, non lo sai? E invece cos'è che sai?

A quel punto interviene Gianni:

- L'unica cosa che sappiamo è che Roberto è morto per avvelenamento. La polizia è convinta che si tratti del morso di un serpente e in effetti pare che proprio stamattina sia scomparsa una di quelle bestie da un rettilario.
- E come ci sarebbe arrivato un serpente al quinto piano?
- È quello che la Polizia sta cercando di capire.
- Io voglio vedere Roberto.
- Certamente.
- Gianni, sei venuto qui con la macchina?
- Sì, vi accompagno io.

L'auto con i tre a bordo scompare, inghiottita dal buio. C'è un silenzio irreale stasera, come quando sta per nevicare.

La Polizia

Commissario, ci hanno appena segnalato un omicidio.
- Un omicidio?
- Sì, una telefonata anonima. Numero nascosto, voce camuffata attraverso qualche applicazione per cellulari.
- E dove sarebbe questo cadavere?
- Via Magenta, al numero 47, quinto piano, è l'ufficio di una piccola casa editrice.
- Va bene, finisco il caffè e andiamo, tanto è morto, no? Quindi non ha più fretta.
- Vuole che chiami l'editore?
- No, quasi sicuramente è una stronzata ma se dovesse esserci qualcosa di vero preferisco chiedergli come mai non ci abbia chiamato lui.
- Giusto Commissario.
- Una macchina che fa veramente schifo!
- Non più Commissario, l'ho portata a lavare io stesso ieri sera e ho fatto anche il pieno di benzina.
- Intendevo quella del caffè. Andiamo va'.
- È già pronta, parcheggiata qui davanti.
- Mh. Cosa cazzo è quell'adesivo sul vetro?
- Quello? Me l'ha dato la signorina dell'autolavaggio, è la loro pubblicità.
- E tu giustamente l'hai appiccicato sulla macchina di servizio?
- Sì, mi ha fatto anche un euro di sconto.
- Ah beh, allora non potevi proprio rifiutarti.
- È quello che ho detto anch'io, Commissario.
- Togli immediatamente quel dannato adesivo dal vetro!
- Io non pensavo...
- Ecco, perfetto. Non pensare. Limitati a guidare.
- Posso mettere della musica, Commissario?
- Certamente, e abbassa anche i finestrini così i passanti la sentono meglio. No che non puoi, cazzo! Siamo in servizio, non al gay pride.
- Va bene, tanto siamo arrivati.
- Il palazzo è questo?
- Sì, numero 47.
- Bene. Il portone è aperto. Le cassettine della posta sono vuote, segno che gli appartamenti sono tutti abitati.
- Chiamo l'ascensore.

- Mh, a vederlo così pare piuttosto vecchio.
- Sì ma gli ascensori vengono revisionati regolarmente, non si preoccupi.
- Parlavo del palazzo, comunque grazie per avermi rassicurato.
- Di niente, Commissario.
- Polizia, aprite!

Ci hanno segnalato un omicidio.
- Chi?
- Questo non vi riguarda.
- Stavamo per chiamare noi, ispettore.
- Non sono un ispettore, sono Commissario.
- Mi scusi agente.
- Sì, vabbè, lasciamo perdere. Chi è quest'uomo?
- Si chiamava Roberto.
- Figli?
- No, però era sposato.
- Avete avvertito la moglie?
- Veramente ispettore credevo che doveste farlo voi.
- Agente, qui bisogna chiamare il medico legale.
- Lo faccio subito, Commissario.
- Ecco, bravo. Senti anche i vicini se hanno visto o sentito qualcosa di strano.
- Chi altri è entrato, signorina, in questa stanza?
- Nessuno, mi pare.
- Ci pensi bene, neanche una consegna?
- No, nessuna consegna. Quelle di solito iniziano dopo pranzo. Senta... quel cellulare gli si può togliere dalla mano? Mi fa un po' impressione.
- Per adesso no, dobbiamo attendere il referto del medico.
- Signor Commissario, il dottore sarà qui a momenti e la signora qui accanto dice di aver sentito il campanello.
- Ottimo lavoro, agente. Lei, signor Mancini, ha qualcosa da dire?
- Il campanello ha suonato perché è venuto qui in ufficio un altro nostro scrittore. Gli ho aperto io, Milena era in bagno.
- Chi sarebbe?
- Si chiama Gianni.
- Lo faccia venire qui.

- Quel segno sul collo?
- Non ne ho idea Commissario, faccio l'editore non il medico.
- Infatti qui il medico sono io. Salve Commissario.
Bene, finalmente potremo capirci qualcosa, a partire dal segno sul collo e il gonfiore della mano.
- Signorina, quando è arrivato il signor Roberto le pareva che stesse bene?
- Sì ispettore, mi ha anche fatto i complimenti per questa camicetta, era sempre tanto gentile.
- È chiaramente un morso, Commissario. La vittima è morta paralizzata dal veleno.
- Che tipo di insetto?
- Nessun insetto. Un serpente.
- Un serpente? Ma com'è possibile? E lei, signorina, non s'è accorta di nulla?
- No ispettore, io non ho visto niente. Lui mi ha fatto i soliti complimenti e poi si è messo a sedere. Pensi che una volta mi ha detto che se non fosse stato già impegnato...
- Ah già, la moglie. Come facciamo ad avvertirla?
- Si è sposato pochi mesi fa, una donnetta dell'est, rumena mi pare.
- Ah, quindi siccome è rumena non le diciamo niente.
- Non intendevo questo. Volevo dire che magari era uno di quei matrimoni finti, fatti per interesse.
- Senta, mi dica come possiamo rintracciare questa donna e basta.
- E io che ne so? Non l'ho neanche mai vista.
- Non l'ha mai vista però è certa che si sia sposata per interesse.
- Commissario, io so dove possiamo rintracciarla. - E allora lo faccia, Mancini.
- Non ho il numero, devo andarci di persona.
- Lei non va da nessuna parte, non so se si
rende conto ma è un indiziato.
- Lei però non può trattenermi, non senza prove.
- No, in effetti no, ma posso diramare i suoi dati e la sua faccia a tutte le pattuglie del Paese, quindi le assicuro che farà bene a tornare alla svelta, con questa donna e anche col suo amico scrittore.

Adam

Per Adam ormai era un rito consolidato. Preparare il pacco, lasciarlo sulla porta della vittima, tornare dopo qualche ora e trovare un nuovo corpo da usare e abusare. Potevano volerci anche 24 ore prima che quello stato di morte apparente iniziasse a retrocedere, altro che Rohypnol. L'effetto amnesico e dissociativo era cento volte più potente, l'unico inconveniente era quel gonfiore alle estremità: i primi tempi mani e piedi gli avevano fatto un po' impressione ma ormai non ci faceva neanche più caso. Quella volta però qualche cosa non aveva funzionato, Milena non avrebbe dovuto chiamare, avrebbe dovuto essere incosciente, sdraiata per terra o forse già sul letto, le chiavi per entrare al solito posto: sotto la quarta pianta grassa a partire da destra. “Adam, è davvero carino il serpente, ma non posso tenerlo.” gli aveva detto. Cazzate. Non sapeva in che modo si fosse salvata ma se voleva che lui la raggiungesse in ufficio era perché qualcun altro ne aveva fatto le spese. Certo, avrebbe potuto controllare di persona, del resto poteva iniettarsi l'antidoto prima di entrare ma se lei aveva già chiamato la Polizia? Se era una trappola? E allora, cara Milena, gli sbirri li chiamo prima io e te li mando lì, così le spiegazioni gliele dai tu.

- Mi faccia un caffè. Magari doppio.
- Nottataccia?
- Già.
- Scommetto che c'è di mezzo una donna.
- C'è sempre di mezzo una donna.
- Parole sante, amico. Se sono qui, a quest'ora del mattino è perché mia moglie volle a tutti i costi comprare questo posto. Per questo si chiama Eva, il bar. Come lei. Tazza grande?
- Se possibile lo preferirei in un bicchiere di vetro. Mi ci aggiunge un goccio di Baileys?
- Beata lei, adesso almeno riposa.
- Fa il pomeriggio?
- No, riposa nel senso che non c'è più.
- Oh, mi dispiace, non volevo...
- E di cosa? Non poteva saperlo, Adam.

- Come conosce il mio nome?

Il barista estrasse una pistola da sotto il banco e senza mai perderlo di vista andò verso l'ingresso, tirò le tende e chiuse la porta a chiave, poi girò il cartellino e lo mise su “chiuso”.

- Io non so soltanto il tuo nome, Adam. So anche molte altre cose ma adesso bevi pure il tuo caffè. - Cosa vuole da me?
- Io? Io non voglio niente, non ho mai voluto niente. Eri tu a volere mia moglie, per questo la drogasti per stuprarla, o almeno così c'è scritto nel suo diario. La descrizione del maiale depravato che la violentò è talmente minuziosa che appena ti ho visto entrare da quella porta non ho avuto dubbi. Anche lei ti preparava sempre il caffè doppio, vero? Nel vetro. Col Baileys. I bastardi come te sono metodici in tutto.
Sei stato sfortunato, l'avevi paralizzata ma rimase cosciente per tutto il tempo, per qualche strana ragione quella merda non ebbe l'effetto che volevi tu. È tutto scritto nel suo diario, lo trovai due giorni dopo che si era tolta la vita.
- Senti amico, io non so di cosa tu stia parlando ma ti assicuro che ti sbagli. Io non ho mai conosciuto nessuna Eva ed è la prima volta che metto piede in questo posto.
- Certo che non ti ricordi di nessuna Eva. E sai perché? Perché da maledetto pezzo di merda quale sei il nome non glielo hai mai chiesto. Vi siete visti due volte e la terza l'hai stuprata. E finisci quel cazzo di caffè, stronzo!
- Ti giuro che è la prima volta che entro qui dentro. Te la stai prendendo con l'uomo sbagliato.
- Infatti tu non l'hai conosciuta qui ma al bar della stazione dove lavorava prima di convincermi a comprare questo schifo di locale.
Era convinta che ricominciare in un altro luogo, vedere altra gente, tenere impegnata la mente l'avrebbe aiutata a rimuovere quelle immagini, a cancellare almeno in parte quello che le avevi fatto. Come vedi non è andata così.
- Senti, perché non abbassi quella pistola? Magari ne parliamo con più calma, io ho dei soldi da parte.
- Ti ho detto di bere, stronzo.
- Sì, certo. Il tuo caffè... ecco, vedi? Lo sto bevendo.

- Bravo, molto bene. Adesso hai circa un'ora di tempo.
- Un'ora di tempo per fare cosa?
- Per morire. Spero che il solfato di tallio non abbia rovinato il gusto del tuo caffè.
- Cazzo, mi hai avvelenato! Maledetto bastardo, mi hai avvelenato!
- Ecco, questa è una di quelle frasi che ho letto nel diario di Eva. Comunque, per sicurezza, io resterò qui e non ti toglierò la pistola di dosso. Si sa mai che ti venisse in mente di vomitare o fare qualche altra cazzata.
- Tu sei un pazzo, la Polizia ti troverà, marcirai in galera.
- Può darsi, ma non mi interessa. Tu devi morire e devi morire strisciando, come il tuo fottuto serpente.

Il miracolo

La macchina, con i tre a bordo, giunse di fronte al comando di Polizia.

- Ce ne ha messo di tempo, Mancini. Ad ogni modo c'è una novità, signori. Direi anche piuttosto rilevante.
- Cioè?
- Lei è la moglie del Sig. Roberto?
- Sì, ispettore.
- No guardi, sono commissario, comunque non so cosa le abbiano riferito ma devo avvisarla che suo marito è stato avvelenato e in questo momento è sotto osservazione all'ospedale.
- All'ospedale?
- Esatto. Ha assunto una sostanza altamente tossica che provoca una sorta di morte apparente. Con i mezzi che avevamo a disposizione nell'ufficio del signor Mancini il medico legale è stato tratto in inganno.
- Cioè, fatemi capire, tutto questo casino e poi non è neanche morto?
- Lei chi sarebbe, scusi?
- È Gianni, l'altro scrittore che lei mi aveva mandato a cercare e come può vedere è un imbecille, quindi lo escluderei subito dai sospettati.
- Sei molto carino a cercarmi un alibi ma posso cavarmela anche da solo.
- Guardate che c'è poco da scherzare, il vostro amico non è affatto fuori pericolo.
- Milena è qua?
- No, la sua segretaria è uscita con noi quando abbiamo messo i sigilli.
- I sigilli?
- Certamente. Dovrà essere effettuato un sopralluogo accurato.
- Capito, Mancini? Devono cercare il serpente. E magari anche la mela.
- Faccia pure lo spiritoso ma qualcosa là dentro ci dovrà pur essere.
- Di sicuro un sacco di libri invenduti.
- La maggior parte dei quali tuoi, Gianni.
- Oh, ma insomma! Finitela! Io sono qua per vedere mio marito, chi mi accompagna?
- Venga pure con me, signora, voi se volete potete raggiungerci in ospedale.
- Pronto? Milena? Senti, sono in macchina con Gianni, sto andando all'ospedale.

- Cos'è successo?
- Niente, semplicemente pare che Roberto non sia morto.
- Come non è morto? Ma se l'abbiamo visto!
- Sì, ma pare che il veleno di quel serpente non fosse letale, gli ha provocato soltanto una specie di paralisi.
- Ma non respirava! Perfino il dottore ha detto che...
- Lo so cos'ha detto, c'ero anch'io. Piuttosto, dimmi cos'è successo quando sono andato via.
- Hanno preso il signor Roberto e lo hanno portato giù in strada, una volta arrivati gli infermieri hanno messo i sigilli e si sono raccomandati che rimanessi sempre reperibile.
- Quindi quella bestia di merda è ancora là, sotto alla scatola.
- In realtà no, perché nel momento in cui erano fuori all'ambulanza sono riuscita a prenderlo e tirarlo nello scarico.
- E il tizio conosciuto al poligono?
- Non credo che ne sentirà più parlare.
- Come fa ad esserne così sicura?
- Intuito femminile.

L'ultimo scherzo

- È un telefono sicuro?
- Sì, una cabina.
- Bene.
- Hai fatto?
- Certo che sì, ha bevuto il suo solito caffè.
- Ci avrei giurato che sarebbe passato da te, ti avevo fatto una buona pubblicità.
- Adesso devo solo caricare il frigo dei gelati e portarlo in discarica, come previsto.
- Sono contenta per te.
- L'altro?
- L'altro invece non è ancora sistemato.
- Come sarebbe?
- Sarebbe che il tuo freddo amico mi ha fregata, mi ha portato lo stesso che usò con tua moglie e quindi abbiamo ancora un problema da risolvere.
Dov'è adesso?
- In un letto.
- E quando si sveglia racconterà del regalo.
- Già.
- Gli altri se la son bevuta?
- Uno dei due sicuramente, è convinto che fossi io la destinataria. L'altro è un po' più rognoso ma non sarebbe un problema.
- Quindi cosa facciamo?
- Non ne ho idea, fra l'altro in questo momento ho anche diversi occhi addosso, non è facile. Quello fuori dal radar sei tu.
- C'è un particolare che non ho ancora ben capito.
- Dimmi.
- Il regalo lo hai consegnato tu?
- Avrei dovuto, sì. La versione ufficiale era che fosse un pensierino per le famiglie degli autori e avevo calcolato che il regalo si aprisse in macchina.
- E invece?
- E invece quando sono andata ad aprire la porta è caduto dalla scrivania si è aperto e ho fatto appena in tempo a rinchiudermi nello studio col Direttore.
- Quindi lui non può accusarti di averglielo consegnato.
- No, ma dovrò comunque spiegare la presenza di quel pacchetto. Il Capo mi ha

creduta ma con la Polizia non sarà altrettanto semplice.
- Non se lui tiene la bocca chiusa, in realtà è l'unico ad averti visto portare il regalo ed era un rischio che avevi previsto.
- E se decidesse di spifferare tutto? Lo ha già fatto col suo amico là...
- È sempre la tua parola contro la sua.
- Comunque sia non è quella la bocca che vorrei si chiudesse per sempre.
- Lo so bene.
- Scusami, mi squilla il cellulare.
- Ok, a dopo.

Un'occhiata veloce e furtiva attorno, due passi e poi l'icona verde sul display:

- Pronto?
- Milena, sono io, Mancini. Ho il cellulare scarico, la sto chiamando dall'ospedale.
- Ci sono novità?
- Direi proprio di sì, Roberto si è svegliato.

A quella frase le si gelò il sangue nelle vene, doveva trovare in fretta una risposta che fosse del tutto neutra, era fondamentale non tradire nessun tipo di emozione:

- Da molto?
- Da un po', ma c'è un problema davvero singolare. Praticamente non ricorda nulla.
- Non l'ha riconosciuta?
- No, no, mi ha riconosciuto, così come ha fatto con sua moglie, il primario ha detto che non ha un disturbo dissociativo, sa con precisione chi è lui e chi siamo noi ma non ha nessun ricordo.
- Come sarebbe nessuno?
- No, neanche d'infanzia, in pratica un quaderno bianco. Ha detto anche di sapere benissimo chi è lei, mentre parlavamo di lavoro.
- Io?
- Sì, l'ha definita la “segretaria gentile”.

- Ma è una cosa reversibile?
- E chi lo sa? A sentire i dottori parrebbe molto difficile, dicono che potrà farsi ricordi nuovi ma il suo passato probabilmente è perduto per sempre. Comunque se passa ci trova qui.
- Certamente. Grazie per la telefonata.

Mille domande affollavano la testa di Milena ma una su tutte ora la stava ossessionando: che senso aveva, a questo punto, vendicarsi di qualcuno che non aveva più nessuna consapevolezza di ciò che aveva fatto? Valeva la pena rischiare, esporsi ancora, se l'uomo che l'aveva stuprata non esisteva più? In quel buco nero che aveva inghiottito tutto c'era finito anche quel 9 marzo, Roberto le aveva giocato l'ultimo scherzo.

Il finale

Quel costume da infermiera, comprato per due spicci su internet le sarebbe tornato utile. S'introdusse nell'ospedale all'ora di cena e vi rimase nascosta fino a notte fonda. Alle tre esatte percorse quel lungo corridoio con passi brevi, simmetrici, scanditi dal rumore dei tacchi sulla fredda monocottura bianca. Entrò nella stanza, vide Roberto che dormiva, l'ago della flebo ancora nel braccio. Tirò fuori la sua siringa e in un attimo il veleno stava già scorrendo nelle vene, nessun macchinario attaccato, se ne sarebbero accorti il mattino seguente. Mentre usciva dalla stanza lanciò uno sguardo furtivo anche verso il soffitto, forse in cerca di telecamere. La vendetta dei film aveva un altro sapore, un gusto rotondo che riempiva la bocca, scorrevano endorfine. Questo invece era agrodolce, forse contaminato dalla paura d'essere scoperta, più verosimilmente dalla consapevolezza d'aver procurato un grande dolore a un'altra donna, Iliana. L'aveva sempre detestata, pur non conoscendola, e ora invece le appariva come l'unica vera vittima di tutta questa faccenda. In un secondo il panico s'impossessò di lei, estrasse il cellulare e compose il solito numero:

Anna, scusa l'orario.
- Sai che puoi chiamarmi quando vuoi.
- Grazie.
- Hai preso la pastiglia?
- Sì ma stavolta è diverso. L'ho fatto davvero.
- No, non c'è niente di diverso. Sta accadendo tutto nella tua testa, come sempre.
- Anche tu?
- Certo, anche io. Io esisto soltanto per te ma questo non mi ha mai reso meno reale.
- Pensi che morirò?
- No. Non tu. Oggi morirò io, perché da questo momento tu non hai più bisogno di me. Addio Milena, abbi cura di te.
- Anna! Anna! Mi senti? Non mi lasciare sola, ho paura. Ho tanta paura.
L'alba non le era mai parsa così fredda.

Printed by Amazon Italia Logistica S.r.l.
Torrazza Piemonte (TO), Italy